AF355717

CATALOGUE

D'UNE VENTE

D'ESTAMPES ANCIENNES

PAR ET D'APRÈS

des Maîtres italiens des XVIe et XVIIe siècle

ET DE

L'École de Fontainebleau, etc., etc.

Quelques belles pièces par **Abraham Bosse.**

DONT LA VENTE AURA LIEU

Le Samedi 3 Mai, 1856, à une heure

HOTEL DES VENTES RUE DROUOT, 5,

SALLE Nº 5 BIS.

Par le ministère de Mᵉ **DELBERGUE-CORMONT**, Commissaire-Priseur, rue de Provence, n. 8.
Assisté de M. **DEFER**, Expert, quai Voltaire, 21,

Chez lesquels se distribue le Catalogue.

EXPOSITION PUBLIQUE

Le Vendredi 2 Mai, de midi à 4 heures.

PARIS

MAULDE & RENOU

IMPRIMEURS DE LA COMPAGNIE DES COMMISSAIRES-PRISEURS,
rue de Rivoli, 144.

1856

CONDITIONS DE LA VENTE.

Elle sera faite au comptant.

Les acquéreurs paieront, en sus des adjudications, cinq centimes par franc applicables aux frais.

DÉSIGNATION

DES ESTAMPES

1. **Aquila** (François) 1691. Sainte Famille, d'après le Corrége, belle épreuve avant l'adresse.
2. **Aubry-le-Comte**. Jeune fille, lithographie d'après Girodet, épreuve avant la lettre.
3. **Augustin Vénitien**. François Ier, 1536, portrait très-rare.
4. L'Apôtre et le cordelier (114). Danse de faunes et bacchantes (250), le morceau de droite, plus la copie des deux morceaux.
5. **Baldini** (attribué par Otley au). L'enfer du Dante.
6. **Belli** (Jacques). Jupiter et Junon, d'après A. Carrache (12), belle épreuve avant les mots *Cum priuilegio Regis Christis*, état non décrit.
7. **Bergh** (M. V. D.). Portrait de F. Vander Linden, gravé à l'eau-forte d'après Rubens. Superbe épreuve.

8. **Biscaïno**. Sainte Famille (16), 1er état.
    Del Moro. Tombeau d'un évêque. *P. Faccini.*
    Mendiant aveugle, trois pièces.

9. **Bonasone** (Jules). Moïse ordonnant aux Hébreux de ramasser la manne (5). Vierge, d'après le Parmesan (55). La *Vierge* lavant les pieds à l'enfant Jésus (51). Sainte Famille d'après Raphaël (59), quatre pièces.

9 *bis*. Sainte Famille, d'après le Titien (69), belle épreuve d'une pièce importante.

10. Vierge assise sur des ruines (46). Rare.

11. La Vierge devant le corps mort de Jésus (60), très-belle épreuve.

12. Sainte Famille (68).

13. Le cheval de Troie, d'après le Primatice (85). Bacchus (90). Jupiter et Junon (94). Mercure et Minerve (168). Bacchus, n° 3 de l'app., cinq pièces.

14 Saint Georges, d'après Jules Romain, pièce rare mal conservée.

15. Des hommes et des femmes se baignant dans une cuve (177), très-belle épreuve.

16. Frise d'ornements (354), très-belle épreuve.

17. **Borgiani** (Horace). Christ mort. Saint Jérôme. deux pièces. *Cavedone.* Sainte Vierge et sainte Catherine (2), trois pièces.

18. **Bosse** (Abraham). La Ioye de la France, 1628. Superbe épreuve.

19. Ostel de Bourgogne. *Que ce théâtre est magnifique, etc.* Superbe épreuve d'une pièce belle et rare.

20. Les quatre Saisons, quatre pièces, belles épreuves avant l'adresse, de Le Blond.

21. Les quatre âges, l'Adolescence et la Vieillesse, deux pièces belles épreuves, la 1re avec l'adresse de Leblond et la 2e avec l'adresse de Poilly.

22. Le maître et la maîtresse d'école, deux pièces belles épreuves avec l'adresse de Poilly.
— La bénédiction de la table, belle épreuve avec l'adresse de Boisseau. Rare.

23. Eventail représentant les quatre âges. Ab Bosse avec privil. du Roy, 1628. Superbe épreuve d'une jolie et rare pièce.

24 Eventails, deux pièces avec sujets du Jugement de Pâris, et Daphné changée en laurier, belles épreuves, rares.

25. Le courtisan suivant le dernier édit, belle épreuve sous le nom de Bosse, mais avec *Le Blond exc.* Rare.

26. La dame réformée. Le perroquet. La coquette. La villageoise, quatre pièces belles épreuves et rares.

27. Femme assise lisant. Autre brodant. Le pâtissier. Jeune fille allant au marché, quatre pièces, trois avec *Le Blond exc.*, une avec *Gallays exc.*

28. **Bresciano** (Prosper Scavezzi). Sixte-Quint, 1589, belle et rare pièce, la seule du maître.

29. **Camaieux.** Diogène, d'après le Parmesan, par Hugo da Carpi.

30. Saint Pierre et saint Paul, d'après le Parmesan. Clélie d'après Mathurino, et Ananias frappé de mort d'après Raphaël. Trois pièces gravées par Hugo da Carpi et Andréani.

31. Sept pièces, d'après Polydore, Parmesan, etc., gravées en camaïeux par Andréani, Bart. Coriolani, etc.

32. Trois pièces gravées en camaïeux, par C. de Metz et autres, d'après Moreelse, etc.

33. **Callot** (Jacques). La foire de Florence. *F. Flo_ rentia et excudit Nancey*, belle épreuve.

34. **Canaletti** (Antoine). Alle Porte del Dolo, etc. Deux vues de Venise, belles épreuves.

35. **Caneletti** (d'après). Campanille de Saint-Marc à Venise, gravé par Lewis, épreuve avant la lettre.

36. **Caraglio** (Jacques). L'annonciation (2). Nativité, pièce non décrite attribuée à Caraglio. Hercule terrassant Acheloüs (48). Hercule et Cacus (49). La fureur (58). La femme nageant dans la mer (56). L'enlèvement des Sabines (63), quatre pièces.

37. Ixion embrassant un nuage sous la forme de Junon, d'après *Perin del Vaga*, belle épreuve d'une belle pièce. Rare.

38. **Carrache** (Augustin). Le vieillard et la courtisane (114). Sivel, comédien (153). Le Titien (154), deux lots.

39. **Carrache** (Annibal). Jupiter et Antiope.

40. **Carploni** (Jules). Jésus-Christ sur la montagne des Oliviers (2), 1er état. Sainte Famille (5), 1er état. Deux pièces. plus naïades, tritons et Amour, pièce non décrite.

41. **Casa** (Nicolas de la). Cosme de Médicis. belle épreuve avant. *Ant Lafrery*. Rare.

42. **Cock**. *Exc.* 1553. Annonciation d'après Bronzino.

43. **Cort** (Corneille), 1578. Académie de peinture et sculpture, d'après Laurent Vaccarius, très-belle épreuve.

44. **Dauphin** (Olivier), sujet de la fable. Jupiter et Danaé, pièce non décrite d'une suite, d'après Boullanger.

45. **Desbois** (Martial). Les Noces de Cana, d'après Alexandre Varotari dit le Padouan (6).

46. **Dupérac** (Etienne), 1578. Le pape tenant séance dans la chapelle Sixtine au Vatican (81).

47. **Ecole de Fontainebleau.** Clélie (19). Dispute de Neptune et de Minerve (67). Satyre et la Nymphe (70). Danse de dryades (74), 1er état, quatre pièces, par René Boyvin.

48. Assemblée d'hommes et femmes (6). Vénus conduite par deux cignes, pièce du maître au monogramme décrit par Bartsch, vol. 16 p. 372, n. 3. Deux estampes, par Dominique del Barbiere.

49. Alexandre domptant Bucéphale (13). L'empereur Marc-Antoine offrant un sacrifice (14), 1er et 2e état. Europe couronnant Jupiter sous la forme d'un

— 8 —

taureau (29). Cadmus combattant le dragon (42).
Des hommes et des femmes cultivant un jardin (43),
épreuve du 1ᵉʳ état. Hercule couché près d'Om-
phale (50). Jupiter pressant les nuées, pour en
faire sortir la pluie (54), deux épreuves. Jeune fille
qui pleure (60). Des hommes chargeant un cha-
meau (63), onze pièces gravées par Léon Davent.
Cet article sera divisé.

50. Des hommes et des femmes cultivant un jardin
(43), par Léon Davent, très-belle épreuve du 1ᵉʳ
état.

51. Plusieurs hommes occupés à la pêche (65), par
Léon Davent, d'après le Primatice. Très-belle
épreuve.

52. Une sibylle (2). Une dame romaine (13). Méléa-
gre et Atalante (20), trois pièces par Fantuzzi.

53. **Anonymes de l'École de Fontainebleau.** Le corps mort de Jésus (28). Neptune
produisant une belle fontaine (68). Nombre d'a-
mours dans un bois (70), pièce fragmentée.

54. Actéon changé en cerf (73), très-belle pièce avec
bordure, où se lit dans le haut sur une tablette les
mots : *Dominum cognocite vestrum.* Bartsch ne parle
pas de la bordure. Très-rare.

55. Un jeune homme buvant de l'eau que lui donne
une femme qui est debout à droite (81).

56. Plusieurs femmes dans un bain (99), sujet entouré
d'une bordure. Belle pièce rare, mais mal conservée.

57. Vulcain et les cyclopes (71), très-belle épreuve

58. Dieu le Père assis sur un globe dans une nouvelle gloire (1). Belle et rare.

59. Jupiter et Sémélé (54), pièce rare.

60. Sujet de bataille (98), belle épreuve.

61. Clélie, par R. Boyvin. Figure allégorique par Betou, et une pièce sujet de la Fable, d'après le Primatice, *Martini Patri exc.*

62. Figures d'un guerrier et d'une femme, vus en raccourci sur des nuages. Satyre découvrant une nymphe, d'après Jules Romain. Ces deux pièces non décrites. Rémus et Romulus et les fiancialles d'une jeune grecque, n. 40 et 84 des anonymes, quatre pièces.

63. Anonyme de l'école de Fontainebleau, non décrit. Tarquin et Lucrèce, très-belle épreuve d'une pièce gravée dans le goût de René Boyvin. Très-rare.

64. **Elliot** (William). Vue à Maestricht d'après Cuyp.

65. **Énée Vico.** L'armée de l'empereur Charles V traversant l'Elbe (18).

66. Lucrèce (17), superbe épreuve. Conversion de saint Paul (13). Le buste de Jean de Médicis (254). Aristote (253).

67. Une femme debout (45), copie. Mars et Vénus (27). Le cardinal Bembo. Trois pièces.

68. Vases d'après l'antique, cinq pièces, et arabesques antiques, vingt-quatre pièces, en tout vingt-neuf pièces.

69. **Eredi** (Bernard), 1773. La femme adultère, d'après Bronzino. Très-belle épreuve.

70. **Falcone** (Ange). Frise (19).
Fialetti. Histoire de Vénus, les n°ᵉ 2, 3, 4, 6, 7, 9, 10 et 11, en tout neuf pièces.

71. **Fontana** (J. B.). Le cheval de Troye (53). Paysages (n. 4 et 7).

72. **Franco** (Baptiste). Melchisédech offrant du pain et du vin à Abraham (5), superbe épreuve avant le nom de B. Franco.

73. Jésus-Christ et les docteurs (9), belle épreuve avant le nom de Franco.

74. La même estampe.

75. **Geilenkerken**, sculpt. 1614 (M.). Guillaume de Nassau, d'après P. A. Harlingen, belle épr.

76. **Ghisi** dit **Mantuan** (George). Le jugement de Pâris (60), belle épreuve.

77. Le perfide Simon (28), très-belle épreuve.

78. La naissance de Memnon (57), belle épreuve.

79. Cupidon couché sur un lit à côté de Psychée (45). 1ʳᵉ épreuve avant la draperie.

80. Thétis (32). Apollon jouant de la lyre (39). Hercule (44). Bacchus rencontrant Ariadne (46). Une prison (66). Une copie. *Adam Mantuan*. Amours sur des dauphins (13). Hercule (15), en tout sept pièces.

81. Michel-Ange (71).

82. Pénélope (deux pièces douteuses). Le char du Soleil (22 pièces d'Adam Ghisi).

83. **Gmelin** (G. F.), 1783. Vue de la chute du Rhin à Schaffouse et vue du Rhin à Lauffenbourg.

84. **Galle** (Corneille). Sujet allégorique, d'après Rubens, superbe épreuve avant la lettre.

85. **Gaultier** (Léonard). César Baron, cardinal, belle épreuve.

86. **Graveur Italien**. La vierge du palais Colonna, d'après Raphaël, épreuve avant toute lettre.

87. **Graveurs en bois**. Saint Jérôme. Samson et Dalila. Bergerie. Paysages et caricature du Laocon. Sept pièces d'après le Titien, Campagnola et autres.

88. **Guido Reni** (d'après). La couseuse. La Vierge, par Vitali. La circoncision, trois pièces.

89. **M. L. F.**, 1565. Allégorie, la Terre nourrissant les animaux, pièce rare, gravée en bois.

90. Quinze pièces gravées en bois, fig. pour la Passion, 1624. Sujets divers d'après C. Maratte et Cangiage.

91. **Grimaldi**, dit le Bolognèse (François). Paysages gravés à l'eau-forte sur ses compositions et compositions et d'après Titien, les Carrache et autres maîtres, nᶜˢ 1 à 10, forme ronde, nᵒˢ 12, 14, 15, 17, 19, 21 à 35, 38, 40 à 43, 47, 52 à 55. Quarante-quatre pièces, dont quatre doubles avec différence.

92. Le Saint-Sacrement (16). Grande pièce de deux feuilles, très-rare.

93. **Gole** (Jean). Diane Françoise, marquise de Montespan, joli portrait à la manière noire.

94. **Houbraken**. Onze portraits de peintres hollandais.

95. **Ingres** (M.), 1825. Odalisque, lithographie exécutée par ce maître.

96. **Kolbe**. Quatre beaux paysages gravés à l'eau-forte.

97. **Lanfranc**. Le triomphe (31) Marc-Aurèle et une bataille, ces deux dernières pièces de Tempeste.

98. **Leu** (Thomas de). Gabrielle d'Estrées, marquise de Monceaux. Titre : *Fleur des beautés du monde, astre, écueil de la France, etc.* Superbe épreuve d'un portrait rare.

99. **Lochon** (René). Jacques-Augustin de Thou, d'après Du Moustier. Très-belle épreuve.

100. **Lorch** (Melchior). Portrait d'Hubert Goltzius. Portraits de Sultans, et une pièce satyrique l'Asinaria, 1564. Six pièces, la dernière non décrite.

101. **Maître au Dé.** Vénus ordonnant à Psychée d'aller chercher de l'eau à une fontaine gardée par des dragons (71), très-belle épreuve.

102. **Maître au Dé.** Jésus assis sur son tombeau (5). La transfiguration (6). Jupiter amoureux de Ganymède (25). Jeux d'amours (30), quatre pièces.

103. **Le maître au monogramme**, cité dans le *Peintre-Graveur français,* 7 vol. Le lion, le dragon et le renard. Belle épreuve d'une pièce rare.

104. Marc-Antoine Raimondi. La Vierge pleurant le corps mort de Jésus (35). Superbe épreuve bien conservée d'une belle pièce, d'après Raphaël. Rare.

105. Jeune fille vue de profil, tournée à droite. Belle épreuve.

106. La tempérance (390). L'espérance (391), deux pièces, belles épreuves.

107. La cassette d'Homère, et Cléopâtre (199), copie C.

108. Le triomphe (213), d'après Mantegne, copie, très-belle épreuve.

109. Le Parnasse (247), belle épreuve.

110. Marc de Ravenne. Vénus blessée par l'épine d'un rosier

111. Ecole de Marc-Antoine. Scipion forçant le camp des Carthaginois (4), 1re épreuve avant que les montagnes du fond n'aient été supprimées. On lit seulement la lettre R. dans le bas. Belle et très-rare.

112. Le sacrifice de Caïn et d'Abel (4).

113. Fuite en Egypte (4).

114. Le guerrier et la femme endormie (10).

115. La mort des enfants de Niobé (13), belle épreuve.

116. Jupiter foudroyant les géants (16), 1er état avant l'adresse de Lafreri.

117. La même avec l'adresse.

118. Sacrifice à Priape. *Cock exc.* *1557.*

119. Pièces anonymes. Les sibylles, d'après Raphaël.
Un sacrifice d'après Polydore. Jésus guérissant les
boiteux. La charité. Les Césars. Un apôtre, par
Suavius, etc. Sept pièces.

120. Diane et ses Nymphes au bain, belle et rare avant
l'adresse.

121. **Meldolla**. Nativité (6). Hommage de saint
Jean à l'enfant Jésus (64), deux pièces rares.

122. **Murillo** (d'après). Saint François d'Assise,
gravé par J. Caspar, épreuve avant la lettre sur
papier de chine.

123. **Nelli**, 1567. Sept portraits du Médicis, Octave
Farnèse, etc.

124. **Pavon** (Ignace). Vierge, enfant Jésus et saint
Jean, d'après An. Carrache, épreuve avec la lettre
grise.

125. **Perret** (Pierre), 1583. Conversion de saint
Paul, d'après M. P. de Aleccio. Très-belle épr.

126. **Perelle**. Les quatre saisons, manque le n. 4,
le n. 1 double, avant et avec l'adresse de Mariette.
Sainte Potantienne, d'après Corrége par Ferdi-
nand. Centaure par Lagrenée, neuf pièces.

127. **Pietri** (Pierre-Antoine de). Le purgatoire (2).
Très-belle épreuve d'une belle pièce.

128. **Piquot** (Thomas). Le portrait de Marin Le
Bourgeois, premier peintre d'Henri IV et Louis XIII.
(R, D. n. 1). Rare.

129. **Poinsart** *ex.* (J.). Le grand et magnifique bas-
timent de l'hostel de Nevers dans la ville de Paris,
représenté dans sa partie d'orient, avec le paysage
prochain, et chosse plus remarquable. Pièce cu-
rieuse et rare.

130. **Poussin** (d'après N.). La manne. La mort de
Germanicus, deux pièces gravées par Chasteau
en 1680.

131. **Raphaël** (d'après). Sainte Marguerite par L.
Surrugue, Sainte Cécile par Mitchel, deux pièces.

132. **Raphaël** (d'après). Dieu apparaît à Abraham
et plafond d'une des salles du Vatican, deux pièces.

133. **Raphaël** (d'après). Les peintures des loges du
Vatican. Six grandes pièces gravées en bois. *Lud.
Gruner direxit.*

134. **Reverdinus** (Gaspard). Quatre femmes au
bain, au bas à droite un beau vase en orfévrerie et
une tablette où on lit : *Lucas Penis, R. inventor,*
et le chiffre de Reverdinus. Belle pièce non décrite,
superbe épreuve. *Coll. Th. Laurence.*

135. Tarquin et Lucrèce (17).

136. **Ribera dit l'Espagnolet** (Joseph). Tête
d'homme (9), belle épreuve.

137. **Rota** (Martin). Gustave, roi de Suède (74). Cosme II, de Médicis (85). Marie de Bohême (80).
Ant. Perrenot et Isabelle d'Autriche, ces deux
derniers non décrits par Bartsch. Cinq pièces.

138. **Rullman**. Souvenirs de Paris, 1822. Portraits
d'artistes Suisses.

139. **Sanuti** (Jules). Bacchanale (5), pièce rare.

140. **Sarragon** (Joa). Prince de Nassau, beau portrait équestre. *Jean Vischer, exc.*

141. **Sérieus** (Philippe). Sainte Famille, d'après Michel-Ange. Ant. Lafreri, 1565, très-belle épr.

142. **Schüt** (Corneille). Sujets de Vierges, cinq pièces, à l'eau-forte.

143. **Suydherhoeff**. La paix de Munster, d'après Terburg.

144. **Van Os**, 1798. Suite de vaches, six pièces à l'eau-forte.

145. **Volpato**. La Charité, d'après An. Carrache, épreuve avant toute lettre.

146. **Vizetelly** (Henri). Le joueur de violon, d'après Wilkie, grande pièce gravée en bois.

147. **Zeman**. Vue des Tuileries, belle épreuve avec l'adresse de Clément de Jonghe. Porte d'Amsterdam et Marine, quatre pièces, plus deux vues par Jean Van den Velde, d'après Zaenerdam.

148. **Eaux-fortes Italiennes**. Saint André, par *J. P. Ligarius*. La Vierge et deux saints. Franciscus Denalius, etc. Tête par Varotarius, quatre pièces.

149. **Ecole Allemande**, xviii° siècle. Paysages, par Gauuerman, Klein et Erhard, neuf pièces.

150. **Ecole Flamande et Hollandaise**. Animaux par Van den Velde. Marc de Byc. Paysages par Rogman, sujets d'après Bloemaert, etc. Trente-deux pièces.

151. Sainte Famille et sujets divers, quinze pièces gravées, par Mallery, Crispin de Pas et les Sadeler.

152. **Ecole Française**. Sujets divers, par Manglard, La Hyre, Erlinger, Brebiette, de la Cour,
Chauveau, Le May, etc., vingt-six pièces.

153. **Estampes diverses**, Sujets divers, gravés
d'après des maîtres italiens, Corrége, Carrache,
Parmesan, etc., trente-trois pièces.

154. Divers sujets gravés à la manière noire, d'après
des maîtres Flamands et Hollandais, par Waillant,
Dietrich, Smith, etc., trente-six pièces.

155. Paysages à l'eau-forte, par Focke et autres maîtres, dix-sept pièces.

156. Sujets et vignettes, par Cochin, Bernard Picart,
Le Prince, etc., vingt-pièces.

157. Neuf estampes, statues antiques, architecture,
frises, d'après J. Romain, par Bartoli.

158. Vues diverses de Londres, d'Amsterdam, de Rome,
Paysages, etc., vingt pièces.

159. Vues diverses, Paysages par H. Cock, Hollard, etc,
dix-sept pièces.

160. Vues de Paris, gravées par Léonard Gaultier,
Perelle, Angier et Bertaux, et une vue de Vincennes, par Bercy le fils, en 1715.

161. **Portraits**. Marguerite de Valois et Jean de
Nassau, par Crispin de Pass. Comte de Nassau par
Wierix. César Baron, par B. Gaultier, etc., six
pièces.

162. Quinze portraits de peintres, par Jean Meyssens
et autres.

163. Trente-huit portraits français et étrangers, souve-
rains, prince et princesses, etc.

164. Vingt portraits de princes, princesses, hommes
de guerre, suite d'Odieuvre, de Larmessin, etc.

165. Dix portraits de personnages italiens, par Bona-
cina et autres.

166. Cinq portraits par Nanteuil, Poilly, Pierre Sta-
glia, etc.

167. Douze portraits de papes et théologiens.

168. Gaspard Nemius. Alexandre Farnèse. A. Contu-
reno, trois portraits par J. de Neefs et Vors-
terman.

169. Vignettes diverses, quarante et une pièces.

Maulde et Renou, Imprimeurs de la Compagnie des Commissaires-Priseurs ,
rue de Rivoli, 144.   5879

[illegible handwritten note]

[illegible]   [illegible]
[illegible]   [illegible]

SUPPLÉMENT

A LA VENTE

Du Samedi 3 Mai 1856, à midi,

HOTEL DES COMMISSAIRES-PRISEURS

RUE DROUOT, N° 5

Salle n° 5 bis.

Par le ministère de M° **DELBERGUE-CORMONT**, C™-Priseur,
rue de Provence, 8,

Assisté de M. **DEFER**, Expert, quai Voltaire, 21.

---

170. **Drevet.** Louis XV d'après Rigaud.

171. **Watteau** (d'après). Arabesques, etc., sept pièces.

172. Fête au dieu Pan, gravées par Aubert. Belle épreuve.

173. L'Aventurière, Spectacle français, la Vivandière, la Famille, huit pièces.

174. Fac-similes de dessins, vingt-sept pièces.

175. **Lancret** (d'après). Contes de Lafontaine, sept pièces.

176. Les Amants heureux, la Musique champêtre, Cache-cache, la Jeunesse, la Vieillesse, etc., sept pièces.

177. Mademoiselle Sallé, gravé par Larmessin.

178. Les quatre éléments, quatre pièces.

179. Conversation galante, le Turc amoureux, la Balançoire, etc., cinq pièces.

180. **Chardin**. La Maîtresse d'école, la Fillette de bon appétit, le Jeune soldat, le Garçon cabaretier, le Bénédicité.

181. **Boucher** (d'après). Pastorales, sujets gracieux, paysages, la Belle villageoise, etc., dix-neuf pièces.

182. L'Oiseau en cage, le Savetier, l'Amour déguisé en médecin, le Faiseur d'oreilles, etc., huit pièces.

183. **Paterre** (d'après). Le Savetier, la Courtisanne amoureuse, le Cocu battu et content, Frère Luce, Ragotin, cinq pièces.

184. **Eisen**. Sujets divers, huit pièces.

185. **Baptiste – Monnoyer**. Grands vases de fleurs, 1er état avant l'adresse de Poilly, six pièces.

186. **Gillot**. Divers sujets, dix-huit pièces gravées par de Caylus.

187. **Sablet** (d'après J.). Scènes italiennes gravées par Desrais.

188. **Audran** (Benoît). Quatre sujets de la fable, d'après l'Albane.

189. **Audouin**. Jupiter et Antiope, d'après le Corrége.

190. **Rubens.** Huit pièces, dont les trois Grâces, par P. de Jode.

191. **Ingres** (M.). Odalisque, lithographiée par M. Sudre, épr. avant l. l. sur pap. de Chine.

192. **Leroux**. Léda, d'après Léonard de Vinci.

193. **Strange**. Danaé et la Fortune, d'après le Titien et le Guide.

194. **École Française**. Petits sujets d'après Watteau, Jeaurat, etc., trente-trois pièces.

195. Divers sujets gravés d'après Greuze, Fragonard, Aubry, etc., neuf pièces.

196. Divers sujets d'après Jeaurat, Detroye, Coypel, etc., dix pièces.

197. Sujets de sainteté, saints et saintes, par des graveurs français, trente-trois pièces.

198. Le Sommeil par Romanet d'après le Titien, Bacchus et Ariane d'après Coypel, deux pièces.

199. La Magdeleine, par Edelinck, Sacrifice d'Isaac, par Drevet, 2 pièces.

200. **Prud'hon** (d'après). Sujets divers et paysage par de Boissieu, etc., quatorze pièces.

201. Costumes, Caricatures du xviii° siècle, etc., dix-neuf pièces.

202. Cavaliers, par Parrocel, sujets de Henri IV, etc., vingt pièces.

203. Relation exacte du supplice de Robert-François Damiens, exécuté à Paris le 28 mars 1757. Permis de vendre et débiter à Paris le 29 mars 1757. Deux pages de texte et deux estampes de son supplice. Très-rare.

204. Sujets divers gravés à l'eau-forte, par S. Bourdon, Léonard Gaultier, Brebiette, Courtois, Scalberge, Dorigny, vingt-trois pièces

205. Les Femmes fortes d'après Vignon, sujets de l'Ancien-Testament d'après Brebiette, par David, dix-sept pièces.

206. **Ecole des Pays-Bas.** Paysages et sujets d'après Teniers, Wouvermans, etc., quinze pièces.

207. **Ecole Anglaise.** La famille de B. West, l'Age d'or, Enfant endormi d'après Sirani, trois pièces, par Green, Fatius et Bartolozzi.

208. Annales du ridicule, etc., dou e caricatures.

209. Caricatures politiques depuis 1830, par divers artistes, Decamps, Granville et autres, pour le Journal *la Caricature*. Cet article sera divisé.

210. Tous les articles omis.

Maulde et Renou, Imprimeurs de la Compagnie des Commissaires-Priseurs, rue de Rivoli, 141.   6123